Cartas à mãe
direto do inferno

Cartas à mãe
direto do inferno

Ingrid Betancourt

Mélanie *e* Lorenzo
Delloye-Betancourt

―――

Prefácio: Elie Wiesel
Posfácio: Francisco Carlos Teixeira da Silva
Tradução: André Telles

Título original
Lettres à maman

© Editions du Seuil, 2008.
Copyright da tradução © Agir Editora LTDA., 2008

Contatos autorizados: www.agirpouringrid.com *e* www.betancourt.info

Capa e projeto gráfico
JULIO MOREIRA

Foto de quarta capa
© CLÉMENT PRIOLI/APERCU

Revisão
TAÍS MONTEIRO

Produção Editorial
FELIPE SCHUERY

CIP-BRASIL. CATALOGAÇÃO-NA-FONTE
SINDICATO NACIONAL DOS EDITORES DE LIVROS, RJ

B466c Betancourt, Ingrid, 1961-
   Cartas à mãe : direto do inferno / Ingrid Betancourt, Mélanie e Lorenzo Delloye-
   Betancourt ; prefácio de Élie Wiesel ; tradução André Telles. - Rio de Janeiro : Agir,
   2008.
   il.

   Tradução de: Lettres à maman
   ISBN 978-85-220-0910-7

   1. Betancourt, Ingrid, 1961- - Correspondência. 2. Betancourt, Ingrid, 1961- -
   Seqüestro, 2002-. 3. Delloye-Betancourt, Mélanie - Correspondência. 4. Delloye-
   Betancourt, Lorenzo - Correspondência. 5. Forças Armadas Revolucionárias da
   Colômbia. 6. Reféns - Colômbia. 7. Terrorismo - Colômbia. I. Delloye-Betancourt,
   Mélanie. II. Delloye-Betancourt, Lorenzo. III. Título.

08-0050.   CDD: 364.15409861
            CDU: 343.432(861)

Todos os direitos reservados à Agir Editora LTDA. – Uma empresa Ediouro Publicações S.A.
Rua Nova Jerusalém, 345 – Bonsucesso
Rio de Janeiro – RJ – CEP 21042-235
Tel.: (21) 3882-8200 – Fax: (21) 3882-8212 / 3882-8313
www.ediouro.com.br

Prefácio de
ELIE WIESEL

Leia esta carta. Leia bem. A voz que se dirige a você não o deixará dormir à noite.

Seu cotidiano nas selvas entre os adeptos da violência e do ódio: ela o descreve numa linguagem simples e dilacerante.

Sua sensação de solidão, a saudade da família, suas angústias próximas do desespero.

Aprisionada, atormentada, torturada, abandonada por inúmeros governantes, durante muito tempo encerrada nas trevas remotas do terror, era julgada muda, morta.

Seus carcereiros fazem de tudo para privá-la de suas faculdades mentais e de sua sensibilidade. Tentam isolá-la cada vez mais, enlouquecendo-a.

Mas Ingrid Betancourt permanece lúcida. E corajosa, heróica. E livre.

E, sim, essa combatente pela liberdade dos homens "não sente vontade de nada, para pelo menos ficar livre de desejos".

Mas seus desejos são simples e perturbadores: resistir aos torturadores, aos carrascos. Diante da brutalidade do mal, salvaguardar, apesar de tudo, sua dignidade, sua fé no homem.

Em nome da humanidade de Ingrid e da sua, peço-lhe que escute sua voz.

Para você, é quase nada. Para ela, é uma mensagem, quando não uma comovente oferenda de solidariedade.

Elie Wiesel

Carta de
Ingrid Betancourt

O texto a seguir foi escrito em 24 de outubro de 2007 por Ingrid Betancourt, mantida como refém na selva colombiana pelas Farc (Forças Armadas Revolucionárias da Colômbia) desde 23 de fevereiro de 2002. É dirigido à sua mãe, Yolanda Pulecio, bem como a seus filhos Mélanie e Lorenzo e à sua família. O manuscrito, doze páginas de uma caligrafia uniforme e cerrada, acompanhado de um vídeo e de fotos (na capa), foi apreendido por ocasião da prisão de guerrilheiros em Bogotá. Uma cópia foi enviada pelo governo colombiano à família de Ingrid em dezembro de 2007.

Ingrid Betancourt, nascida em 1961, francesa e colombiana, foi deputada, depois senadora, na Colômbia, onde travou uma luta incessante e corajosa contra a corrupção e os narcotraficantes. Foi raptada pelas Farc quando era candidata à eleição presidencial. Antes de receber essa carta, sua família não tinha notícias nem provas de vida desde o verão de 2003.

Selva colombiana,

Quarta-feira, 24 de outubro
8h34
Uma manhã chuvosa, como a minha alma.

Minha querida e adorada mamãe,

Todos os dias acordo agradecendo a Deus por ter você. Todos os dias abro os olhos às 4 horas e me preparo, a fim de estar bem desperta para escutar as mensagens em *La Carrilera de las 5*[1]. Ouvir sua voz, sentir seu amor, sua ternura, sua confiança, seu compromisso de não me deixar só, é esta a minha esperança cotidiana. Todos os dias peço a Deus para abençoá-la, protegê-la e me permitir um dia poder encontrá-la, tratá-la como uma rainha, junto de mim, porque não suporto a idéia de uma nova separação.

A selva é bastante fechada por aqui, os raios de sol penetram com dificuldade. Mas é um deserto de afeição, de solidariedade, de ternura, e esta é a razão pela qual sua voz é o cordão umbilical que me ata à vida. Sonho beijá-la tão forte que eu permaneça incrustada em você. Sonho poder lhe dizer "Mamãe, *mamita*, nunca mais você vai chorar por mim, nem nessa vida nem na outra". Pedi a Deus para que ele um dia me permita lhe provar tudo que você significa para mim, poder protegê-la e não deixá-la sozinha um segundo. Em meus projetos de vida, se um dia eu recuperar a Liberdade, quero, *mamita*, que você pense em morar conosco, ou comigo. Chega de mensagens, chega de telefone, chega de distância, não quero que um único metro nos separe, porque sei que todos podem viver sem mim, menos você. Alimento-me todos os dias da esperança de estarmos juntas, e veremos como Deus nos mostrará o caminho, como nos organizaremos, mas a primeira coisa que quero lhe dizer é que, sem você, eu não teria agüentado até aqui.

Todos os dias você me pergunta como é a minha vida. Sei que Pinchao[2] lhe forneceu muitos detalhes, e o abençôo e lhe agradeço por ter contado tudo a você. Sinto uma grande admiração por Pinchao. O que ele conseguiu é heróico. Um dia, se Deus quiser, vou apertá-lo bem forte nos braços, o que não pude fazer quando ele fugiu do acampamento. Ajude-o como puder. Sobretudo se ele precisar pedir asilo. Diga-lhe que o amo e que rezei a Deus para que ele sobrevivesse à sua façanha. Bom, depois que Pinchao fugiu, nossas condições se deterioraram ainda mais. As regras tornaram-se draconianas, e isso é terrível para mim. Fui separada daqueles com quem me entendia melhor, com quem tinha afinidades e por quem sentia afeição, e colocada num grupo muito difícil, do ponto de vista humano.

Mamita, estou cansada, cansada de sofrer. Fui, ou tentei ser, forte. Esses seis anos ou quase de cativeiro demonstraram que não sou nem tão resistente, nem tão corajosa, inteligente e forte quanto pensava. Travei muitas batalhas, tentei a fuga diversas vezes, procurei manter a esperança como mantemos a cabeça fora d'água. Mas hoje, *mamita*, sinto-me vencida. Eu gostaria de pensar que um dia sairei daqui, mas percebo que o que aconteceu com os deputados[3], e que me deixou arrasada, pode acontecer comigo a qualquer momento. Acho que seria um alívio para todo mundo.

Sinto que meus filhos levam uma vida em suspenso na expectativa da minha libertação, e o seu sofrimento diário, o de todo mundo, faz com que a morte me pareça uma opção amena. Juntar-me a papai[4], por quem permaneço de luto: todos os dias, há quatro anos, choro a morte dele. Continuo a acreditar que vou acabar parando de chorar, que agora cicatrizou. Mas a dor volta e se lança sobre mim como um cão desleal, e torno a sentir meu coração se espatifar em mil pedaços. Estou cansada de sofrer, de carregar essa dor comigo todos os dias, de mentir para mim mesma achando que tudo vai terminar e constatar que cada dia equivale ao inferno do dia anterior. Penso nos meus filhos, nos meus três filhos, em Sébastien[5], em Mela e em Loli[6]. Muita vida se esvaiu por entre nós, como se a terra firme houvesse sido tragada pela distância. Eles são os mesmos e não são mais os mesmos. Cada segundo da minha ausência, em que não posso estar aí dedicada a eles, para tratar suas feridas, aconselhá-los, dar-lhes força, paciência e humildade para enfrentar a vida, todas essas oportunidades perdidas de ser mãe envenenam meus momentos de infinita solidão, é como se me injetassem cianureto nas veias, gota a gota.

Mamita, este é um momento muito duro para mim. De repente eles exigem provas de vida, e eu lhe escrevo com a alma esparramada sobre este papel. Vou mal fisicamente. Parei de comer, perdi o apetite, meus cabelos caem copiosamente. Não tenho vontade de nada. Acho que a única coisa boa é isto: não ter vontade de nada. Pois aqui, nesta selva, a única resposta para tudo é "Não". O melhor então é não querer nada, para pelo menos ficar livre de desejos. Faz três anos que peço um dicionário enciclopédico para ler alguma coisa, aprender alguma coisa, manter viva a curiosidade intelectual. Continuo a ter esperanças de que, pelo menos por compaixão, eles me arranjem um, mas é melhor não pensar nisso. Aqui, tudo é um milagre. Ouvir sua voz de manhã é um milagre, pois meu rádio está muito velho e danificado. Continue a tentar transmitir, como vem fazendo, no início do programa, pois em seguida há muita interferência e, a partir das 5h20, só consigo presumir o que me diz. E quando houver uma notícia importante (como o casamento de Astrid), repita-a ao longo das mensagens. Eu só soube do casamento de Astrid e Daniel há dois anos, no Natal. Você certamente o mencionara para mim, porém eu não tinha ouvido!!!

A propósito de rádio, gostaria de lhe pedir, *mamita* querida, para dizer às crianças que eu gostaria que me enviassem três mensagens semanais, às segundas, quartas e sextas. Diga para elas enviarem duas linhas para o seu e-mail, e você as lerá para mim. Nada de transcendente, só o que lhes vier à cabeça ou o que tiverem vontade de rabiscar, tipo "Mamãe, hoje está um dia lindo, vou almoçar com Maria, amo-a demais, tenho certeza de que vai gostar dela" ou "Estou esgotada, mas hoje aprendi um monte de coisas numa aula que eu adoro, sobre as novas técnicas de cinema". Não preciso de mais nada, apenas estar em contato com eles. Todos os dias espero com impaciência que você fale deles ou me diga se falou com eles. É o que me dá mais alegria, a única coisa que me interessa realmente, a única informação vital, transcendente, indispensável, o resto não me interessa mais. Eu gostaria que Sébastien me escrevesse também. Quero saber como ele está no trabalho, em sua vida afetiva etc. etc. Concordo 100% que você não mande mais recado de madrugada, aos domingos[7]. Sofro muito com a idéia de que você passa a noite em claro, espera horas, se cansa... Continuo a escutar o programa por solidariedade com os demais, mas ficarei mais tranqüila sabendo-a bem quentinha em sua cama.

Bom, como eu lhe dizia, a vida aqui não é a vida, é um desperdício lúgubre do tempo. Vivo ou sobrevivo numa rede esticada entre duas estacas, coberta com um mosquiteiro e uma lona que serve de teto e me permite pensar que tenho uma casa. Tenho um armariozinho onde ponho minhas coisas, isto é, a mochila com as roupas e a Bíblia, que é meu único luxo. Tudo está sempre pronto para partirmos às pressas. Aqui nada é seu, nada dura, a incerteza e a precariedade são a única constante. A qualquer momento eles podem dar ordens para arrumarmos nossas coisas, e todos são obrigados a dormir no fundo de um buraco qualquer, deitados em qualquer lugar, como animais. Esses momentos são particularmente difíceis para mim. Minhas mãos ficam úmidas, meu espírito se anuvia, acabo demorando o dobro do tempo para fazer as coisas. As caminhadas são um calvário, pois minha bagagem é muito pesada e mal consigo carregá-la. Às vezes os guerrilheiros pegam alguma coisa para me aliviar do peso, mas deixam "os penicos" comigo, isto é, o que é necessário à nossa toalete e pesa mais. Tudo é estressante, perco minhas coisas ou eles as confiscam, como o jeans que Mela me deu de

Natal, que eu usava quando eles me raptaram. Nunca mais o vi. A única coisa que consegui salvar foi o casaco, e isso foi uma bênção, pois as noites são glaciais e eu não tinha mais nada para me proteger do frio. Antes, adorava tomar banho de rio. Como sou a única mulher do grupo, tenho que ir quase toda vestida: short, blusa, botas! Como nossas queridas avós de outros tempos. Antes eu gostava de nadar no rio, mas agora não tenho sequer fôlego para isso. Estou fraca, friorenta, pareço um gato diante da água. Eu, que gostava tanto da água, não me reconheço mais. Costumava fazer duas horas de exercício durante o dia, às vezes três. Tinha inventado um aparelho para mim, uma espécie de banquinho feito com galhos, que apelidei de *step*, pensando nos exercícios da academia: a idéia era subir e descer, como se fosse um degrau. Ele tinha a vantagem de ocupar pouco espaço. Porque, às vezes, os acampamentos são tão pequenos que os prisioneiros ficam praticamente uns em cima dos outros. Porém, depois que eles separaram os grupos, não tenho vontade nem energia para fazer o que quer que seja. Faço um pouco de alongamento, pois o estresse me deixa com o pescoço duro, e isso me incomoda muito. Com os exercícios de alongamento, o *split* e o resto, consigo relaxar um pouco o pescoço. Eis toda a minha atividade, *mamita*. Ajo de maneira a ficar em silêncio, falo o menos possível, para evitar problemas. A presença de uma mulher em meio a homens que são prisioneiros há oito ou dez anos é um problema. Escuto a RFI[8] e a BBC, escrevo muito pouco porque os cadernos se acumulam e carregá-los é uma verdadeira tortura: tive que queimar pelo menos quatro. Além disso, durante as inspeções, eles nos confiscam o que mais prezamos. Tiraram de mim uma carta sua que chegara às minhas mãos depois da última prova de vida, em 2003. Os desenhos de Anastasia e Stanis[9], as fotos de Mela e Loli, o escapulário de papai, um programa de governo em 190 pontos que eu anotara ao longo dos anos, me arrancaram tudo. A cada dia, resta um pouco menos de mim mesma. Pinchao lhe contou os outros detalhes. Tudo é difícil. Esta é a realidade.

É importante que eu dedique estas linhas àqueles que são meu oxigênio, minha vida. Àqueles que me mantêm com a cabeça fora d'água, que não me deixam cair no esquecimento, no nada e no desespero. São vocês, meus filhos, Astrica[10] e seus filhinhos, Fab[11], Tia Nancy e Juanqui[12]. Aos meus três filhos, Sébastien, Mela e Lili, dê-lhes acima de tudo minha bênção, que ela os acompanhe a cada passo. Todos os dias entrego-me a Deus, Jesus e a Virgem. Recomendo meus filhos a Deus a fim de que a fé os acompanhe sempre e eles nunca se afastem Dele. Diga-lhes que sempre foram uma fonte de alegria durante esse cativeiro tão duro. Aqui, tudo tem duas faces, a alegria mistura-se à dor, a felicidade é triste, o amor tranqüiliza e abre novas feridas; recordar é viver e morrer de novo.

Durante anos não consegui pensar nas crianças, pois a dor com a morte de papai absorvia toda minha capacidade de resistência. Quando pensava nelas, tinha a impressão de sufocar, não conseguia mais respirar. Então eu dizia a mim mesma: "Fab está lá, cuidando de tudo, não posso pensar, não posso pensar." Com a morte de papai, quase enlouqueci. Preciso falar com Astrica para fazer o luto. Nunca soube como isso aconteceu, quem estava lá, se ele me deixou uma mensagem, uma carta, sua bênção. Mas o que, ao longo do tempo, aliviou meu tormento foi pensar que ele partiu confiante em Deus e que um dia irei apertá-lo novamente nos braços. Tenho certeza disso. *Mamita*, senti-la forte naquele momento foi a minha força. Só ouvi as mensagens quando eles me puseram no grupo de "Lucho" Eladio Pérez[13], em 22 de agosto de 2003, data do aniversário da

22

filha dele, Carope. Fomos grandes amigos, eles nos separaram em agosto. Porém, durante todo o tempo que passamos juntos, ele foi o meu amparo, meu protetor, meu irmão. Diga a Angela, Sergio, Laura, Marianita e Carope que eu os carrego no coração, como se fossem da minha família. A partir dessa data, passei a escutar as mensagens que você me dirige com incrível tenacidade, você nunca me faltou. Deus a abençoe. Eu lhe dizia que, durante anos, não consegui pensar nas crianças porque sofria terrivelmente por não poder estar com elas. Hoje posso ouvilas e sentir mais alegria que sofrimento. Procuroas nas minhas lembranças e me alimento com imagens que guardei na memória, em cada uma de suas idades. A cada aniversário, canto *Happy Birthday* para elas e peço permissão para fazer um bolo. Antes, eles se mostravam compreensivos e eu podia fazer alguma coisa. Porém, de três anos para cá, quando reitero meu pedido, a resposta é "Não". Eu não ligo. Se eles chegam com um pão seco ou a rotineira ração de arroz e feijão, imagino que é um bolo e festejo seu aniversário no meu coração. Quero que vocês saibam que 8 de abril, 6 de setembro e 1º de outubro são sagrados para mim. Também celebro o 31 de dezembro, o 18 de julho, o 9 de agosto, o 1º de setembro, e também o 24 de junho e o 31 de outubro, datas dos aniversários de Tia Nancy e de Pacho. Espero não ter me enganado.

À minha Mela, meu sol de primavera, minha princesa da constelação de Cisne, a ela que amo tanto, quero dizer que sou a mãe mais orgulhosa do mundo. Tive muita sorte por Deus me dar esses filhos, e minha Mela é o grande prêmio da minha vida. Quando ela tinha cinco anos, já me desafiava com inteligência e afeição, e desde essa época sinto uma admiração sem limites por ela. Ela é muito sensata e inteligente. E, se eu tivesse que morrer hoje, partiria feliz da vida, agradecendo a Deus pelos meus filhos. Estou contente com seu mestrado em Nova York. É exatamente o que eu lhe teria aconselhado. O cinema é a paixão dela, e concordo 100% com ela. Mas, atenção, é muito importante ela fazer um DOUTORADO. No mundo de hoje, um diploma é necessário até mesmo para respirar. Fazer um doutorado é ter outras aspirações, entrar num outro mundo, mais exigente, mais disciplinado, é conviver com os melhores dentre os melhores. Nunca me cansarei de insistir junto a Lili e Mela para que não abandonem os estudos antes de conseguirem seu Ph.D. Eu gostaria que Mela me prometesse isso, que me prometesse procurar na internet, a partir deste instante, ainda que isso lhe pareça remoto, e consultar os sites de Harvard, Stanford, Yale etc. para ver os doutorados que eles oferecem. No curso que ela quiser, no que a interessar mais, história, filosofia, arqueologia, teologia, que ela procure, sonhe e se entusiasme, e faça disso sua missão pessoal. Sei que ela quer trabalhar; todo mundo fica motivado pela vontade de se lançar ao trabalho, começar a produzir alguma coisa, querer saber quem somos na realidade, e isso deve fazer parte de seus projetos de vida. Quanto mais fortes somos, mais conseguimos alcançar nossos objetivos, mais as oportunidades se apresentam, maior é o mundo a que aspiramos. Minha Mela, você sabe muito bem que tudo isso é vital. Achei formidável você fazer filosofia em vez de ciência política. Achei formidável você ter entrado no italiano e no russo, e, se me derem a oportunidade, se a vida me permitir, tentarei alcançá-la. Sou sua fã nº1, faltam-me palavras para lhe dizer como valorizo seu percurso, a lucidez de suas decisões, a maturidade com que você escolheu seu caminho e a maneira como o percorre. Sei que a escola de cinema em que você se matriculou é um *must* e tiro meu chapéu. Sempre lhe disse que você era a melhor, que é muito melhor que eu, que você é o que eu queria ter sido, mas melhor. Eis por quê, fortalecida pela experiência que acumulei durante a vida e com a perspectiva que, visto a distância, o mundo proporciona, peço, meu amor, que se prepare para atingir o topo.

A meu Lorenzo, meu Loli Pop, meu anjo de luz, meu rei das águas azuis, meu *chief musician* que canta e me encanta, ao soberano do meu coração, quero dizer que, desde que nasceu até o dia de hoje, ele foi a fonte das minhas alegrias. Tudo que vem dele é um bálsamo para o meu coração, tudo me reconforta, tudo me acalma, tudo me dá prazer e tranqüilidade. É meu filho querido, meu pedacinho de sol. Que vontade de vê-lo, beijá-lo, tomá-los nos braços e ouvi-lo! Este ano pude finalmente ouvir sua voz, uma ou duas vezes. Fiquei trêmula de emoção. É o meu Loli, a voz do meu filho, mas há uma voz de homem cobrindo essa voz de criança. Uma voz grossa de homem, rouca, como a de papai. Teria ele herdado também suas mãos, aquelas mãos grandes e bonitas de que sinto tanta falta? Deus me teria dado esse duplo presente? Outro dia, recortei uma foto num jornal que chegou aqui por acaso. É um anúncio de um perfume de Carolina Herrera, *212 Sexy men*. Vê-se ali um rapaz, e eu disse comigo: "Meu Lorenzo deve ser assim."

E guardei o anúncio. Amo tanto você, meu amor! Lembro-me do dia em que você cantou na varanda do Planetario, sempre soube que você tinha uma alma de artista e uma voz de anjo. Dou graças a Deus por saber que você toca violão como um deus. Lembra-se da professora que vinha lhe dar aula em casa quando você era pequeno? Ainda vejo você! Eu sempre ficava intrigada quando ela me dizia que você era um ótimo aluno, já que eu nunca o ouvia tocar. Mas lembro-me dos seus olhinhos brilhando quando a professora chegava ou quando ia embora. Lembro-me disso o tempo todo. Disso e de muitas outras coisas, meu coração. Tenho tanta vontade de te abraçar e dormir apertando-o contra mim, como fazíamos antes que eles me raptassem... Tenho tanta vontade de cobri-lo de beijos. E de ouvi-lo. De falar com você durante horas e você me contar tudo. Soube que tirou 13,75 no exame final. Foi melhor que eu. Como estou orgulhosa de você, meu coração, do seu duplo diploma da Sorbonne em direito e economia. Excelente. Estou encantada. Acho que você não deveria descartar ciência política. São as mesmas matérias, ainda mais se você escolher economia-filosofia. Pense nisso, você poderia se apresentar para o exame em setembro de 2008, tendo um ano de Sorbonne no currículo. É uma instituição de prestígio, que lhe abrirá todas as portas. E você pode conseguir, você é brilhante. Mais uma coisa: não abandone a música. Você a carrega nos genes. E, como para Mela, insisto, mestrado e Ph.D. Você tem a vida à sua frente, procure subir o mais alto possível. Estudar é crescer: não apenas porque aprendemos, mas também porque é uma experiência humana, porque, à sua volta, as pessoas o enriquecem emocionalmente, obrigando-o a um maior autocontrole, e, espiritualmente, modelando seu caráter a serviço do outro, quando o ego é reduzido à sua menor expressão e dá lugar à humildade e à força moral. Um não existe sem o outro. Viver é isto: crescer para se pôr ao serviço dos outros. Eis por que sua música é tão importante. Graças a ela, você pode proporcionar felicidade, compaixão, solidariedade, engajamento. E, graças a seus estudos, poderá compreender como funciona nossa sociedade, seus códigos, suas regras, e encontrar as soluções para alcançarmos um mundo melhor. A todos os dois digo a mesma coisa: sou muito feliz por ser a mãe de seres humanos tão formidáveis, que me deslumbram tanto. Estou 100% com você, meu coração. Com você para tudo, e por tudo que você quiser. Sim, sou sua fã n°1, e inclusive recortei a foto do

— 28

meu ídolo, como uma adolescente! Obrigada por me dar tanta felicidade.

Ao meu Sébastien adorado, meu ursinho azul, meu principezinho das viagens astrais e ancestrais, tenho tanta coisa a dizer! Em primeiro lugar, que não quero deixar este mundo sem que ele tenha certeza plena e convicção absoluta de que não são dois, mas três filhos queridos que Deus me deu, e que eles estão matriculados como tais no livro de registro da vida. Carrego-o dentro de mim, todos os dias, lembro-me dele como o vi da primeira vez, disfarçado de Zorro, tinha cinco anos e seus olhinhos azuis descobriam um mundo que mudava rapidamente. Eu gostaria de conversar horas com ele, assim como gostaria de conversar horas com a minha Mela e horas com meu Loli. Mas com ele precisarei desatar anos de silêncio, que me pesam muito desde o meu cativeiro. Decidi que a minha cor favorita é o azul de seus olhos, com um toque do violeta da saída-de-praia que ele me deu de presente, faz muitos anos, nas Seychelles. Vou vestir violeta quando sair do verde-prisão dessa selva. Quero que ele me ensine a dançar o *Moonwalk*, quero aprender muita coisa com ele. Mas, acima de tudo, quero que ele saiba que o acho muito bonito, como sua mãe, muito inteligente, como seu pai, e que possui meu caráter, o que às vezes é uma vantagem. Mas, em geral, é um grande Karma. Eis por quê, sempre que penso em você, meu coração, rio de nós dois, rio de você e rio de mim. Nós andamos em círculos para chegar exatamente aonde havíamos começado: nós nos amamos do fundo do coração. Sim, meu ursinho, preciso falar com você, para lhe pedir desculpas por todos os momentos em que não estive à altura, desculpas por minha falta de maturidade quando eu devia tê-lo protegido e envolvido no meu amor, e lhe dado forças para a vida. Perdão por não ter ousado ir até você e dizer que tudo pode mudar, exceto meu amor por você. Escrevo tudo isso para que você guarde na sua alma, meu ursinho adorado, caso eu não consiga sair daqui e para que você entenda que compreendi quando seu irmão e sua irmã nasceram: sempre o amei como o filho que você é e que Deus me deu. O resto não passa de formalidade.

Agora, aqui, imediatamente, preciso falar do meu Fab. Como não lhe dizer que nossos filhos são a nossa felicidade? Que os momentos mais felizes da minha vida carregam a marca de seu amor, de sua presença, de sua personalidade, de sua vitalidade, nossos filhos são luminosos. Papai já dizia a Astrid e a mim: "São esplêndidos!!" E me dirijo a Fab porque é a ele que devo tudo isto: minha vida atada ao fio desse amor incondicional que nunca se rompeu, desse juramento eterno que fizemos um ao outro em Mongui, de nos amar acima de todas as coisas, e que nunca quebramos. Apenas o amor pode explicar o que somos, ele e eu. Não se trata nem de convenções nem de rituais da sociedade, mas do espírito do amor de Deus, que dá tudo incondicionalmente. Sei que Fab sofreu muito por minha causa. Mas que seu sofrimento seja amenizado e que ele saiba que foi uma fonte de paz para mim. Deus nos enviou essa prova a fim de que saiamos dela maiores, sejamos humanamente melhores e descartemos tudo que é inútil e estorva a alma. Percorremos juntos esse caminho, ainda que separados, e nossos esforços e nossa luta são como uma luz para nossos filhos. Fab é meu maior consolo; porque ele está aí, sei que meus filhos vão bem, e, se eles vão bem, o resto não é grave. Diga-lhe que confio nele, que choro em seu ombro, que me apóio nele para continuar a sorrir de tristeza, e que seu amor me dá forças. Porque ele provê as necessidades dos meus filhos, posso parar de respirar sem que lamente muito a vida. *Mamita*, também sei que, se você precisar de qualquer coisa, Fabrice estará aí por você como sempre esteve por mim, sei que Fab está cuidando do lugar onde

Mela mora e do lugar onde Loli mora. Então fico menos angustiada. Tenho muito orgulho da maneira como ele luta por mim. Ouvi-o várias vezes no rádio e o beijei a cada uma de suas palavras quando sua voz engasgava e quando eu chorava por dentro para que ninguém notasse. Obrigada, meu Fab, você é maravilhoso.

Para minha Astrica, tantas coisas que nem sei por onde começar. Em primeiríssimo lugar, dizer-lhe que sua "experiência de vida" me salvou durante o primeiro ano de cativeiro, o ano do luto por papai. Somente ela pode compreender o que a morte de papai significou para mim. Meu consolo será sempre saber que ela estava ao lado dele e que, por intermédio dela, eu estava também. Preciso muito falar com ela sobre todos esses momentos, tomá-la nos braços e chorar até que se esgote o poço de lágrimas que é meu coração. Ela é um exemplo para tudo que faço durante o dia. Penso sempre: "Isso eu fazia com Astrid quando éramos pequenas", ou: "Isso Astrid fazia melhor que eu". Ou: "Se Astrid estivesse aqui..." Ou: "Graças a Deus, Astrid não viu isso, teria morrido de nojo ou de medo" etc. Como compreendo agora suas reações quando havia coisas que ela não apreciava ou não suportava! Como compreendo agora que minhas palavras ou meu comportamento pudessem aborrecê-la! Compreendo profundamente a minha Astrica e me sinto muito, muito perto dela. Ouvi sua voz diversas vezes no rádio. Sinto grande admiração pela sua forma impecável de se exprimir, pela qualidade de suas reflexões, pelo controle de suas emoções, pela elegância de seus sentimentos. Ouço-a e penso: "Quero ser assim." Sempre a achei muito superior a mim intelectualmente. E não é só isso: ao longo de todos esses anos descobri a sabedoria que emana dela e se irradia quando ela fala. Eis por que não paro de agradecer a Deus. Sei que devo muito a ela, a ela e a Daniel. Vocês não podem imaginar como fiquei feliz quando soube que ela tinha se casado. Sei que, lá em cima, papai está feliz, como eu nesta selva. Para mim, Daniel é uma criatura à parte, e, se tivessem pedido a minha opinião, eu gostaria que fosse ele o marido de Astrid, o "papai adotivo" de Anastasia e de Stanis, ele, meu cunhado. Aprecio sua inteligência, sua bondade e sua prudência. Essas três qualidades raramente são reunidas numa única pessoa, mas, quando é o caso, impõem admiração e respeito. Sinto admiração e respeito por Daniel. Que família maravilhosa, Deus faz bem as coisas. Imagino que eles se deliciem com Anastasia e Stanis... Me incomoda muito que me confisquem seus desenhos. O poema de Anastasia dizia: "Por uma proeza, uma mágica ou um truque do bom Deus, em três anos ou em três dias, você estará de volta entre os seus." E o desenho de Stanis representava um resgate de helicóptero, eu dormindo num colchãozinho idêntico a estes daqui, e ele como salvador. Adoro meus dois pimpolhos como meus próprios filhos. A propósito, Anastasia parece comigo, mesmo montando a cavalo melhor que eu. Quero ter aulas com ela na Escola Militar. E Stanis é meu filhinho, que tenho que levar para tomar sorvete na Champs-Élysées. Que crianças maravilhosas! Aproveite, Astrid, cada idade é um poema que se apaga depois de lido. Tire fotos, faça vídeos, eu deveria dizer DVD. Em matéria de tecnologia, estou atrasada. Faça isso, para que um dia eu possa vê-los em idades diferentes. Lembro-me de Stanis, fantasiado de mosqueteiro e enfiando a ponta da espada no meu olho, e de papai, que ficava feliz como nunca com as palhaçadas dele. São tesouros caros ao meu coração. Tenho muita, muita, muita saudade deles.

A Juanqui: "Onde está você?" Só o escuto de tempos em tempos. Gosto quando ele me envia mensagens, quando me fala das crianças, e isso, sei muito bem, é pura felicidade para mim. Sei que essa separação é cruel é difícil, compreendo tudo e o amo como no dia em que contamos as estrelas cadentes, deitados na praia. Diga a ele que fique em paz consigo mesmo e comigo. Que, se a vida nos permitir, sairemos dessa prova ainda mais fortes que antes.

Eu gostaria de dizer a Tia Nancy que penso constantemente nela e que a carrego no coração. Ficar a seu lado foi o que ela fez de melhor por mim. Rezo para ter a oportunidade de lhe provar que a amo, que a sinto minha, que para mim ela é outra mãe. Por intermédio dela, envio todo o meu amor a todos e todas: Danilo, Maria Adelaída, Sebás e Tomás, Alix e Michael, Jonathan, Matthew e Andrew, Pacho, Cuquín e sua noiva. Fico contente que Pacho tenha voltado para a Colômbia. Como eu gostaria de estar lá para ajudá-lo a começar a vida. Pedro fará isso sem dúvida alguma melhor do que eu poderia tê-lo feito. E como gostaria de ter comparecido a esse almoço com Toño. Devia parecer uma volta no tempo. Amo a todos imensamente. Tenho certeza de que, para Pacho, tudo dará certo. Recebo toda a energia que ele me envia com "Nanmyoho Rengékio"[14].

Mamita, há tanta gente a quem eu gostaria de agradecer por se lembrar de nós, por não nos ter abandonado! Durante muito tempo, fomos como os leprosos que estragam a festa. Os reféns não são um assunto "politicamente correto", soa melhor dizer que é preciso ser forte diante da guerrilha, estar disposto a sacrificar algumas vidas humanas. Diante disso, silêncio. Apenas o tempo pode despertar as consciências e elevar os espíritos. Penso na grandeza dos Estados Unidos, por exemplo. Essa grandeza não é fruto da riqueza da terra ou das matérias-primas etc., mas da grandeza de espírito dos governantes que modelaram essa nação. Quando Lincoln defendeu o direito à vida e à liberdade dos escravos negros na América, teve que enfrentar problemas como os de Florida e Pradera[15], opor-se a interesses econômicos e políticos que alguns consideravam mais importantes que a vida e a liberdade de um punhado de negros. Mas Lincoln ganhou e, hoje, a prioridade da vida humana sobre todo interesse econômico e político faz parte da cultura dessa nação. Na Colômbia, ainda temos que pensar nossas origens, no que somos e para onde queremos ir. De minha parte, aspiro a que um dia tenhamos essa sede de grandeza que faz com que povos surjam do nada e que os impulsiona rumo ao sol. O dia em que defendermos a vida e a liberdade dos nossos sem fazermos concessões, isto é, quando formos menos individualistas e mais solidários, menos indiferentes e mais engajados, menos intolerantes e mais compassivos, então, nesse dia, seremos a grande nação que desejamos ardentemente. Essa grandeza está presente, adormecida nos corações. Mas os corações se empederniram e pesam tanto que não nos permitem elevar nossos sentimentos.

Ainda assim, há muitas pessoas a quem eu gostaria de agradecer, pois elas contribuíram para despertar os espíritos e fazer a Colômbia crescer. Não posso mencioná-las todas, mas citarei o presidente Alfonso Lopez e em geral todos os presidentes liberais. O presidente Lopez, porque sua morte foi uma imensa dor para nós. Lamento também não poder mais abraçar Hernan Echevarría, que me ensinou tanto e a quem tanto devo; que seja esta a oportunidade de exprimir minha admiração e minha profunda afeição pelas famílias dos deputados Juan Carlos Narvaez, Alberto Giraldo, Alberto Barraga, Alberto Quintero, Ramiro Echeverry, John Jairo Hoyos, Edinson Pérez. Rezo por cada um deles, não os esqueço, em homenagem à vida que está em mim e que lhes pertence.

Mamita, infelizmente eles vêm recolher as cartas. Não vou conseguir escrever tudo que eu gostaria. A Piedad e Chávez, toda, toda a minha afeição e minha admiração. Nossas vidas estão presentes em seu coração, que sei grande e valoroso. Eu gostaria de dizer muitas coisas ao presidente Chávez, de como aprecio sua espontaneidade e generosidade quando o ouço no rádio, no programa *Aló Presidente*. As crianças que cantaram *vallenatos* para ele me emocionaram, foi um maravilhoso momento de ternura e fraternidade entre colombianos e venezuelanos. Agradeço a ele por se interessar pela nossa causa, que atrai tão pouco a atenção, porque a dor do outro não interessa a ninguém quando faz parte das estatísticas. Obrigada, senhor presidente.

Obrigada igualmente a Alvaro Leyva. Ele estava perto de conseguir, mas as guerras contra a liberdade desse punhado de esquecidos são como um furacão que arranca tudo à sua passagem. Eles não interessam a ninguém. Sua inteligência, sua nobreza, sua persistência fazem mais de um refletir e, aqui, trata-se menos da liberdade de alguns pobres loucos prisioneiros na selva do que de tomar consciência do que significa defender a dignidade humana. Obrigada, Alvaro.

Obrigada a Lucho Garzón por seu engajamento, sua compaixão, sua generosidade e sua persistência. Aqui também, os pirilampos iluminam a floresta na hora de um concerto. Aqui também cantamos com a voz da esperança.

Obrigada a Gustavo Petro por ter se lembrado de nós estampando fotos, pronunciando discursos sempre que possível. Obrigada a todos os amigos que nos ajudam com suas declarações de apoio, ao Polo, do Partido Liberal. Obrigada a todos por não nos deixar no esquecimento, não permitir que os reféns sejam esquecidos.

Ouvi várias vezes Juan Gabriel Uribe pôr seu conhecimento e sua inteligência a serviço de uma possível libertação. Da mesma forma a Sahiel Hernández e a Claudia López. Obrigada.

Obrigada e bravo àqueles que receberam o prêmio Bolívar e nunca cessaram de defender a causa da liberdade. Em particular, obrigada a Julio Sánchez Cristo pelo seu engajamento e seu carinho. Obrigada a Daniel Coronel por sua coragem e sua persistência e mais uma vez obrigada a Juan Gabriel Uribe por suas reflexões construtivas e sua imensa compaixão.

Devemos muito à mídia. Graças a ela, não enlouquecemos na solidão da selva. Meus parabéns a Erwin Hoyos pelo seu prêmio, meus agradecimentos e minha admiração pelo seu programa *Las voces del secuestro*, cujas milhares de horas de transmissão com mensagens de nossas famílias foram para nós milhares de horas sem angústia nem desespero. Que Deus o abençoe.

Obrigada a Nelson Bravo, Hernando Obando, Manuel Fernando Ochoa e à equipe *La Carrilera de las 5*. Ao longo de todos esses intermináveis anos, tivemos forças para manter os olhos bem abertos graças ao *jingle* do programa, feliz prelúdio ao único contato que nos resta com nossas famílias. Que Deus nos dê um dia a possibilidade de beijá-los e lhes devolver uma parte da energia que sua voz inoculou em nossos corações, cada dia de cada mês de cada ano deste terrível cativeiro.

Gostaria também de dizer a Dario Arizmendi que aqui todos temos consciência de sua obstinação em fazer com que nossa lembrança permaneça viva, e que lhe agradecemos por isso. Obrigada por continuar a nos estender a mão. Sua voz é a única força verdadeira que nos permitirá sair daqui vivos, pois é a voz que exige resultados. Obrigada, obrigada.

Quantas vezes não senti que Juan Gassain compreendia nosso sofrimento, o assumira como seu e tornara essa provação mais amena graças à companhia de milhares de colombianos, que, por sua vez, compreendem e partilham nosso sentimento de frustração e desespero. Nos momentos de solidão e abandono, sentimos o interesse e o engajamento dos amigos de Todelar, de L. Guillermo Troya e de toda a sua equipe. Eles sempre se fizeram presentes por nós. Obrigada.

Gostaria de nomear todo mundo, mas não tenho mais tempo. Bom-dia a J. G. Rios e a todos aqueles que nos acompanharam durante todos esses anos.

Não gostaria de terminar esta carta sem enviar uma saudação fraternal a monsenhor Castro e ao padre Echeverry. Eles sempre lutaram por nós. Sempre tomaram a palavra quando o silêncio e o esquecimento nos cobriam mais que a própria selva. Que Deus os guie a fim de que em breve possamos falar de tudo isso no passado. Caso contrário, e se Deus decidir de outra forma, nos encontraremos no céu e Lhe agradeceremos por Sua infinita misericórdia.

Meu coração também pertence à França. E o "também" é exagero. *Ma douce France qui m'a tant donné.* Tenho que voltar ao espanhol para não despertar suspeitas que tornariam difícil o encaminhamento desta carta. Quando penso em Deus, quando penso que ele nos abençoa a todos, penso na França. A Providência exprime-se pela sabedoria e pelo amor. Desde o início do meu seqüestro, a França foi a voz da sabedoria e do amor. Nunca se reconheceu vencida, nunca aceitou a passagem do tempo como a única solução. Nunca vacilou na defesa dos nossos direitos. Na noite mais negra, a

França foi um farol. Quando era malvisto pedir nossa liberdade, a França não se calou. Quando acusaram nossas famílias de prejudicar a Colômbia, a França as apoiou e consolou.

Eu seria incapaz de acreditar que um dia recobraremos a liberdade se não conhecesse a história da França e de seu povo. Pedi a Deus que me insuflasse a mesma força com que a França soube suportar a adversidade, a fim de me sentir mais digna de ser incluída entre seus filhos. Amo a França do fundo da alma, as raízes do meu ser procuram alimentar-se dos componentes de seu caráter nacional, guiado pelos princípios e não pelos interesses. Amo a França do fundo da alma, pois admiro esse povo capaz de se mobilizar, como dizia Camus, sabendo que viver é engajar-se. Hoje a França está engajada ao lado dos reféns da selva colombiana como o fez por Aung San Suu Kyi ou por Anna Politkovskaïa. Sempre em busca da justiça, da liberdade e da verdade. Amo a França pela sua lucidez, pois ela é elegante em sua persistência a fim de não parecer teimosa, e generosa em seus compromissos a fim de não soçobrar na obsessão. Meu amor incondicional e eterno pela França e pelo povo francês é a expressão da minha gratidão. Não sou digna, nem mereço o afeto de que ele me deu provas, e me sinto muito pouca coisa para sequer aspirar ao apoio de tantos corações. Tranqüilizo-me dizendo que o engajamento da França é o de um povo por outro povo que sofre. É o direito de outros seres humanos às voltas com a dor. É a decisão de agir face ao inaceitável, porque, definitivamente, tudo que aconteceu aqui é simplesmente inaceitável. O presidente Chirac nos acompanhou durante anos. Sempre firme, sempre claro, sempre cheio de compaixão. Carrego a ele e a Dominique de Villepin no coração. Todos esses anos foram terríveis, mas creio que não estaria mais viva sem o apoio que eles nos deram, a todos nós que, aqui, somos mortos-vivos. O presidente Sarkozy decidiu por profundas mudanças na França. Estou convencida de que a força de suas convicções e a nobreza de seus sentimentos irão esclarecer corações e mentes. Sei que o que vivemos é cheio de incerteza, mas a História é feita num ritmo que lhe é peculiar. E o presidente Sarkozy mantém-se no meridiano da História. Com o presidente Chavez, o presidente Bush e a solidariedade de todo o continente latino-americano, o milagre poderia se produzir. Durante anos pensei que, enquanto estivesse viva, enquanto respirasse, manteria a esperança. Não tenho mais essa força, para mim é muito difícil continuar a acreditar, mas quero que saibam que o que vocês fizeram por nós fez a diferença. Nós nos sentimos seres humanos. Obrigada.

Mamita, tenho ainda tanta coisa a dizer... Explicar que não tenho notícias de Clara e de seu bebê há muito tempo. Peça a Pinchao para lhe dar detalhes, ele lhe contará tudo. É importante você dar crédito ao que ele lhe contar e ter a possibilidade de se manter a distância. Sei que você manteve contatos com a mãe de Marc Gonzalvez. É uma criatura de grande qualidade humana. Diga à mãe dele para lhe enviar mensagens por intermédio de *Carrilera 5*: eles escutam o programa. Acho que todos o escutamos. Estou agora com outro grupo, mas gosto muito de Marc, e diga a Jo que seu filho está bem.

Não quero abandoná-la. Queira Deus que esta carta chegue às suas mãos. Carrego você na minha alma, minha querida *mamita*. Mais uma coisa: que Astrid cuide da parte econômica (entrega de prêmios ou outras coisas do gênero). Também pensei que, já que ninguém mora no meu apartamento, e no caso de não termos que pagar as promissórias, você poderia se instalar nele. Seria uma preocupação a menos. Se quiser me dizer alguma coisa de pessoal no rádio, diga em francês, para que eu entenda do que se trata, e continue em espanhol, poderíamos falar do "tio Jorge", por exemplo, e vou entender. *Mamita*, que Deus nos ajude, nos guie, nos dê paciência e nos proteja. Para todo o sempre. Sua filha.

Ingrid Betancourt, 15h34

Carta de
MÉLANIE E LORENZO
DELLOYE-BETANCOURT

Mamãezinha,

Sua carta, sua imensa carta, chegou a nossas mãos depois de muitos dias de separação, de silêncio, de expectativa, de esperança. Chegou de muito longe, além do espaço, além do tempo. Como se uma vida houvesse passado entre nós. Durante todos esses anos, procurei-a em toda parte, em minhas lembranças, em nossas batalhas. Durante todos esses anos, procurei desesperadamente falar com você, sabê-la viva. E, de repente, você estava aqui. Tão próxima, tão perto de nós. Lendo sua carta, reencontrei sua voz.

Nessa selva que a retém, tudo é longe, até mesmo o sol. Tudo molesta, tudo é inumano. Entretanto, nada mais verdadeiro e correto que as palavras que você soube encontrar. Mamãe, você nos despertou. Seus sofrimentos tornaram-se os nossos, seu desespero é agora nossa urgência, seu amor e sua coragem são nossa força. Hoje compreendo o que significa ser livre. Estamos muito orgulhosos de você, mamãe. Você, que sofre e luta todos os dias na humildade, você, que ainda encontra forças para se negar a jogar o jogo de seus seqüestradores, esteja certa disto: você nos fez crescer. Fez com que todos nós crescêssemos.

Ninguém escreveria mais bela carta de amor àqueles que ama. Refugiei-me na doçura de suas palavras, e repito para mim: "Você está viva! Você está viva!" Mas sinto também despertar em mim uma angústia muito forte. Agora que a sinto tão próxima, tenho medo de perdê-la novamente. Tenho apenas uma vontade, é apertá-la nos braços e dizer: "Estamos aqui, mamãe; estamos lutando para tirá-la daí. Resista. Há muitos belos momentos à sua espera. Você ainda nos verá crescer, Loli e eu." Mas não posso vê-la, não posso tocá-la, não posso ampará-la para confortá-la. Então, eu me preparo, escolho as palavras, acalmo a minha voz para poder lhe transmitir toda essa força e todo esse amor através das mensagens que lhe envio pelo rádio.

Sou imensamente grata à minha avó, que, desde o primeiro dia, esteve sempre presente, assídua,

50

enviando-lhe uma mensagem pelo rádio a cada noite. Ela nunca deixou de ter certeza de que você podia nos ouvir. Foi sempre confiante.

Graças a você, não se poderá mais dizer que não sabiam. Sua carta diz toda a verdade sobre o que você e todos os outros reféns estão vivendo. Ninguém mais poderá dizer que não percebia a urgência. Sua carta é muito mais que um depoimento, muito mais que um apelo. É um grande terremoto. Em sua prisão, você luta mais que qualquer um pela liberdade, a de todos. Se hoje as coisas se mexem, é graças a você. Eu gostaria que suas palavras tirassem o sono dos comandantes das Farc e do presidente colombiano, que Manuel Marulanda e Alvaro Uribe não conseguissem mais dormir antes de compreender que, agora, as vidas de vocês têm que prevalecer sobre suas mãos de ferro. Seja como for, da minha parte, sou prisioneira de suas palavras, aonde quer que eu vá, elas estão lá, e não conseguirei mais dormir antes de tê-la junto a mim.

Na Colômbia, seu apelo despertou a consciência de milhares de pessoas, como se, subitamente, após todos esses anos, elas compreendessem que esses reféns, aí no meio da selva, são não apenas seres vivos, mas também gente como elas, como todos nós. Tive a impressão de que milhares de pessoas reconheciam-se em suas frases e se deparavam de repente com a realidade das coisas. Até então, alinhavam-se números: tantas centenas de reféns, tantos anos passados na selva, tantas pessoas nas manifestações de protesto, tantas tentativas frustradas de libertação... E, de repente, você, com sua coragem, sua força e sua inteligência, vem lembrar o óbvio: você é simplesmente uma mulher, uma filha, uma mãe. E, com suas palavras, lembra que os outros reféns, todos os outros, são por sua vez mães e pais, filhas e filhos, irmãs e irmãos, que também têm uma família que os espera.

Espero que hoje se compreenda que não existe fatalidade. Não se pode mais dizer: "Não há nada a fazer, não se pode nada por esses infelizes..." Não. Sua vida, a nossa, nossos sonhos, nossas felicidades, a começar por esse dia tão esperado em que finalmente poderemos apertá-la nos braços, assim como a vida, os sonhos, as felicidades de todos os outros reféns, tudo isso só depende afinal de algumas pessoas: dos dirigentes das Farc e do governo colombiano, com quem eles pedem para dialogar. Um punhado de homens, não mais que isso.

Esses homens não têm nenhuma justificativa. Têm tido todo o tempo para refletir sobre seus atos, puderam avaliá-los milhares de vezes. Será que estão à espera, mais uma vez, da hora "certa"? Será que esperam uma carta melhor para o jogo deles? Os jogadores sempre acham que vão receber uma carta melhor. Só que hoje não há mais jogo. Talvez não haja outras partidas. Então, é preciso que as Farc estejam conscientes de que nos dias, nas semanas vindouras, sua decisão fará História. Se optarem por dar um passo à frente pela liberdade dos reféns, isso ficará registrado como tal. Se disserem que preferem aguardar, para obter mais, para ganhar mais, porque se sentem protegidos pelos seqüestrados como por um escudo, perderão. Serão eles os grandes perdedores, e a História, da mesma forma, irá se lembrar disso.

O presidente colombiano, de quem poderíamos esperar mais compaixão, humanidade ou simplesmente proteção, assistiu, por sua vez, à passagem de todos esses anos sem manifestar senão indiferença ou, pior, criando sempre novos obstáculos para fazer fracassar todas as tentativas de um acordo. Deparamo-nos incessantemente com diversos tipos de interesses que eram colocados à frente da vida dos que amávamos, inúmeros pretextos para nos explicar que a situação era complicada, que era preciso sermos pacientes etc.

Entretanto, se admitirmos que a prioridade é tirar seres humanos do inferno, então as coisas são simples: há seqüestradores com reféns que se chamam Farc, e somos obrigados a negociar.

Em sua carta, você evoca os Estados Unidos, as batalhas pela liberdade travadas por Abraham Lincoln. Diz que ele também teve que enfrentar obstáculos absurdos, como Florida e Pradera, essas duas regiões que as Farc exigem que sejam desmilitarizadas durante trinta dias como condição prévia para a negociação. Isso parece maluco, mas é verdade, durante esses longos anos, tudo se resumiu a isto: uma polêmica sobre um lugar. Eles mal falavam das modalidades da troca, só se interessavam pelo lugar onde iam se sentar. Dois quilômetros quadrados a mais ou a menos para um encontro, eis o que vale a vida dos que amamos! Que relação de forças estúpida! Espero, hoje, que esses pretextos não enganem mais e que o governo e as Farc sejam obrigados a voltar à realidade. O apoio que o governo colombiano nos recusou, nós o encontramos em outras partes, no mundo, na América Latina, na Europa e, claro, na França, que, você tem razão, está à altura de seus valores. O presidente francês, Nicolas Sarkozy, fez de sua libertação uma prioridade, e não se rende. Inúmeras pessoas ergueram-se para dizer, simplesmente, que não aceitam o inaceitável, e fazem de tudo para libertá-la, a você e aos outros reféns.

Pergunto-me o que você pensa de tudo isso, mamãe, no fundo da sua selva, quando ouve fiapos de notícias no rádio. Talvez não acredite mais, muito tempo se passou, houve muitas esperanças frustradas... Já eu, acredito. Mas sei que isso não depende de mim. Agora todos esses olhares estão dirigidos para vocês, esses olhares indignados, essas consciências que despertam, essa mobilização que cresce ao redor do mundo. As Farc têm que entender: nunca terão oportunidade melhor do que essa. O presidente colombiano tem que compreender: ele tem o poder de fazer os reféns voltarem, fazer com que você, mamãe, e todos os outros redescubram a vida. Sim, ele tem esse poder. E isso pode ser uma chance para ele também. Hoje, ainda podem salvá-la. Podem salvá-la.

Mamãe, sabemos que há urgência. Sabemos que você não está mais agüentando. Imaginamos como é difícil encontrar uma última dose de força para suportar outra e mais outra noite de sofrimento, outra caminhada forçada pelo inferno, outras humilhações. Sabemos disso. Vamos tirá-la daí. Nesses momentos terríveis de dúvida e abandono, diga a você mesma, eu lhe suplico, que logo ali, além da selva, estamos presentes, pensamos em você, lutamos por você. Um pouco mais distantes, apenas um pouco mais distantes, por trás dos cumes, milhares de pessoas não se rendem e se mobilizam para libertá-la o mais rápido possível porque se identificam com você, com sua coragem e sua luta, porque a consideram um dos seus, uma mãe, uma irmã, uma amiga, e estão determinadas a fazê-la não desistir.

Sua carta, suas palavras incríveis agiram como um eletrochoque. Os chefes de Estado declararam estado de urgência. A América Latina inteira se mobiliza. A situação dos reféns na Colômbia tornou-se uma questão relevante de política internacional. Sua carta contribuiu para colocá-la em pauta, e agora mais ninguém pode ignorá-la.

Você se preocupa conosco, seus filhos, Loli, Sébastien e eu. Não se preocupe conosco, mamãe. Estamos na luta, esperamos sua volta, mas também vivemos. Queremos que fique orgulhosa de nós quando voltar. Sua força sempre nos carregou. É nossa vez, agora, de carregá-la, de cuidar de você. Cabe a Loli e a mim dar a você o que você nos deu: a convicção de que ainda existe uma réstia de energia quando acreditamos ter atingido o fundo. Você é resistente, corajosa, inteligente e forte. Sei disso, a resistência, a coragem e a força não são infinitas. Estamos pedindo apenas um pouquinho mais. Só um pouquinho. Você tem que resistir, mamãe. Nossas palavras, que lhe chegam gota a gota pelo rádio, serão sua energia. Nossos pensamentos, que lhe enviamos em segredo, serão seu conforto. Nós não a abandonamos, mamãe. Venceremos. Quero revê-la em breve, reencontrar seu sorriso, sua alegria de viver. Haverá novamente para você livros, risadas e brincadeiras.

Esta carta não é uma carta de despedida. É uma carta de reencontro. Até já, mamãe.

Mélanie e Lorenzo

Posfácio

Chuva sobre a selva

FRANCISCO CARLOS TEIXEIRA DA SILVA

Dias chuvosos, uma vida chuvosa, uma alma chuvosa. É assim que Ingrid Betancourt descreve sua condição e sua própria alma no cativeiro que começou na manhã de 22 de fevereiro de 2002, na região de San Vicente de Caguán, cerca de 740 quilômetros de Bogotá. Depois de tanto tempo, e tantas iniciativas frustradas, Ingrid mergulha lentamente numa região cinzenta, opaca, onde a luz do sol já não pode alcançá-la. Cinza chuva, cinza cativeiro: a leitura de *Cartas à mãe*, tal como se apresenta aqui, mostra como a condição humana resiste e busca em pequenos detalhes forças para ultrapassar a adversidade e a dor. Mas existem limites. As palavras de Ingrid, fluxo contínuo de emoções, um pensamento-rio fluindo da sua atual existência, mostra-nos, também, os limites da condição humana. Malgrado seu otimismo, sua força íntima, Ingrid mostra-se cansada, avaliando com toda a objetividade que lhe resta suas reais possibilidades de rever os filhos, o marido e, acima de tudo, tomar nos braços, ainda uma vez, a velha e corajosa mãe. Mãe Coragem. Mãe trincheira. Mãe âncora – personagem saído de uma novela de Máximo Gorki, de um poema de Bertolt Brecht ou de um canto de Homero.

Ingrid mostra-se forte, consciente. Porém, os limites estão aí... A urgência é absoluta. Talvez estejamos diante do mais relevante e agudo drama do novo século: o destino de uma vida em face dos determinantes poderosos da grande política. As forças envolvidas no drama de Ingrid são infinitamente mais poderosas do que ela mesma e movem-se por lógicas muito diferentes dos sentimentos e das emoções que a própria Ingrid valoriza e destaca em sua carta. As Farc, o Estado colombiano e o governo Álvaro Uribe; a presença obsedante dos Estados Unidos – uma força discreta no cenário, mas nem por isso menos atuante e, mesmo, determinante; as forças intervenientes, mas não atores principais, como o Comandante Hugo Chávez, o governo da França e seu novo presidente, os governos sul-americanos e, por fim, a opinião pública mundial. Poucas vezes uma coalizão, e uma co-

— 62

lisão, de forças tão díspares se alinhou para decidir o destino de uma pessoa – eis aí o caráter universal, e ao mesmo tempo único, do drama que se desenrola hoje na selva colombina.

Não se trata, contudo, de Ingrid, ou tão somente de Ingrid Betancourt. A pressão mundial pela libertação desta mulher valente é a senha para a libertação de todos os demais reféns. No jogo bruto em torno do destino de Ingrid, joga-se ainda, e sobretudo, com o destino de todos os reféns em poder das Farc na Colômbia. Hoje, elas possuem em seu poder cerca de 750 reféns, mas conforme a Human Rights Watch o drama pode ser bem maior, com mais de 3000 reféns nas mãos das Farc, dos paramilitares e do crime organizado no país. Uma pequena multidão de pessoas as mais variadas possíveis. Militares, policiais, funcionários públicos, políticos, empresários, gente comum que há dez anos, ou até mais, estão em posse dos guerrilheiros na selva. Muitos se supõem vivos, outros não permitem sequer suposições. A maioria, contudo, se encontra nesta mesma zona cinzenta, chuvosa, em que se encontra Ingrid: o limiar do esfacelamento dos laços com o "mundo dos vivos". Isso mesmo, o mundo dos vivos! A condição de refém, sua limitação da condição humana, a invasão da dignidade da pessoa e o cerceamento de qualquer traço de vida inteligente destroem com rapidez laços e lembranças da própria condição anterior ao cativeiro. Perdida a condição de pessoa autônoma e criativa, começa a fenecer a própria vontade de resistir. Eis aí o limite – um limite claramente apontado por Ingrid.

A Colômbia é historicamente um país marcado pela violência, onde o agir político – a disputa, o choque, a transação, a aceitação da vontade geral – sempre encontra a resistência do poder das armas. Entre 1948 e 1958 uma violenta guerra civil opôs as duas principais forças políticas do país: após o assassinato do líder liberal Jorge Eliecer Gaitán, o Partido Conservador e o Partido Liberal – expressão das oligarquias centenárias – lançaram-se numa brutal guerra civil. Foi o período denominado La Violencia. O resultado deste enfrentamento brutal entre os setores dominantes da sociedade colombiana foi a morte de mais de 150 mil pessoas. O banho de sangue colombiano. Particularmente os pequenos proprietários, os camponeses e os funcionários públicos foram atingidos pela violência política. Após mais de dez anos de massacres e contra-massacres, as forças conservadoras e liberais resolveram unir-se numa Frente Nacional, que voltaria a exercer o completo controle sobre a vida política do país. Liberais avança-

— 64

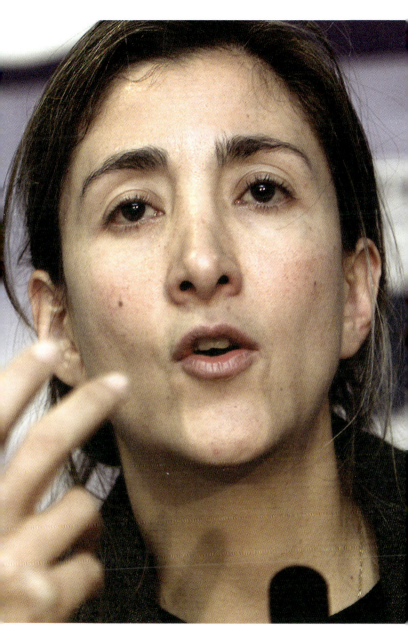

A candidata Ingrid Betancourt em plena campanha para a presidência da Colômbia em março de 2001.

Estrada para San Vicente de Caguán, local do seqüestro.
Ingrid viajava com sua assessora Clara Rojas, um fotógrafo de uma revista francesa e um cinegrafista.
No chão, o cartaz que foi arrancado do carro durante a ação.
Os guerrilheiros bloquearam a estrada com um ônibus cheio de explosivos e picharam na lateral do veículo: "Campo minado. Viva as Farc."

Clara e Ingrid em momentos opostos: sorridentes em 23 de setembro de 2001, na campanha para a presidência; reféns das Farc, em vídeo de 23 de julho de 2002. Clara foi libertada em 10 de janeiro de 2008.

Membros do congresso colombiano exibem fotos de reféns das Farc. O protesto silencioso pela longa duração dos seqüestros ocorreu durante a cerimônia de posse do presidente Álvaro Uribe, em agosto de 2006.

Campanha internacional pela libertação de Ingrid, Roma, 2004. Ela aparece ao lado de Aung San Suu Kyi, ícone pró-democracia em poder dos militares em Mianmar.

De nacionalidade franco-colombiana, Ingrid tem na França um dos principais aliados na campanha por sua libertação. Em maio de 2007, uma passeata saiu da Notre Dame para a prefeitura de Paris, tendo à frente Mélanie e Lorenzo Delloye-Betancourt.

O presidente da Venezuela, Hugo Chávez, um dos principais negociadores com as Farc, recebe, durante visita à França em 2007, a família de Ingrid: o marido, Juan Carlos Lecompte, os filhos Mélanie e Lorenzo, a mãe Yolanda Pulecio e a irmã, Astrid.

"Não tenho vontade de nada. Acho que a única coisa boa é isto: não ter vontade de nada. Pois aqui, nesta selva, a única resposta para tudo é 'Não'", escreveu Ingrid Betancourt após mais de cinco anos em cativeiro.

dos, radicais democratas e comunistas não aceitaram a transação proposta por conservadores e liberais: exigiram garantias dos direitos cívicos, o fim da corrupção e o aprofundamento das reformas sociais e políticas. Em face da recusa total das forças da ordem, um novo segmento democrata-radical manteve-se na clandestinidade e na luta armada.

Estamos em 1964. O mundo está dividido pela Guerra Fria (1947-1991) e qualquer movimento de transformação social – muito especialmente depois da Revolução Cubana (1959) – é imediatamente envolvido no clima de disputa Ocidente/Oriente. As forças autônomas do movimento social, agrupadas em torno do Partido Comunista da Colômbia, acabam por se instalar numa região do interior do país, onde fundam a República de Marquetalia. O governo de Guillermo Valencia Muñoz (1962-1964) paralisa, então, a reforma agrária e acelera a repressão aos movimentos sociais autônomos, atacando os núcleos de resistência no interior do país. Com "assessores" americanos e armas fornecidas por Washington, o governo desencadeia brutal repressão contra os guerrilheiros. Organizando a resistência, neste mesmo ano de 1964, surgem as Farc, braço armado do PC colombiano. Jacobo Arenas e Manuel Marulanda, *el Tirofijo* ("Tiro certeiro", que ainda hoje é o "Comandante" das Farc) assumem a direção das guerrilhas, que em pouco tempo se fazem presentes em oito províncias do país. A rápida expansão das Farc deve-se, em grande parte, às limitações da própria democracia colombiana, tutelada pela oligarquia aquartelada nos partidos tradicionais: o Partido Liberal (fundado em 1848) e o Partido Conservador (fundado em 1849), que se sucedem no poder, monopolizando os cargos públicos, desde o século XIX.

O espaço da luta armada – quase sempre sob influência do *foquismo* de Che Guevara/Regis Debray, ou mesmo do castrismo clássico – não é restrito às Farc. Desde 1965 o Exército de Libertação Popular/ELP e, a partir de 1970, o M19 disputam por meio da luta armada a conquista do Estado colombiano. Várias vezes foram tentados acordos e negociações, sempre seguidos de grande decepção. O recurso às armas, por parte da guerrilha, está diretamente vinculado à brutalidade da política colombiana, na qual o assassínio de políticos estranhos ao poder oligárquico é recorrente.

A impotência do Estado colombiano em realizar um projeto real e aberto de reformas sociais – e principalmente de combater a fraude e a corrupção eleitoral (a principal bandeira política de Ingrid Betancourt) – invalida a maioria das negociações de pacificação do país. Incapazes de dar um novo rumo à política nacional, militares colombianos, assessorados por "conselheiros" americanos, apóiam e sustentam a criação de milícias de paramilitares e a "solução militar" para a questão política nacional. As bases sociais da guerrilha, principalmente os pequenos camponeses, são duramente atingidas. Em pouco tempo, os "paras" ligam-se intimamente aos narcotraficantes – que aumentam sua presença no país em razão direta à repressão ao narcotráfico no Peru. Segundo a Human Rights Watch a maior parte das finanças dos "paras" é obtida através do apoio e da proteção fornecidos ao narcotráfico, que se tornará tão onipresente na política colombina que vários presidentes serão acusados de terem sido financiados pelo tráfico. O próprio Governo Uribe foi atingido, nos últimos anos, pelo escândalo denominado Parapolítica. A partir de 1997, com apoio do Estado, as forças paramilitares se organizam nas Autodefesas Unidas Colombinas (AUC), adotando uma estratégia anti-insurrecional baseada nas doutrinas francesa e americana da Guerra Fria. O resultado é o acirramento da violência, com a multiplicação de assassinatos e seqüestros dos suspeitos de apoiar a guerrilha. Através da acumulação de fabulosas fortunas, originadas do tráfico, os narcotraficantes exercem um virtual controle dos paramilitares, inclusive das Autodefesas Unidas da Colômbia/AUC. Esta, por sua vez, está profundamente infiltrada no legislativo nacional e nas Forças Armadas. Entre 1984 e 1986 a Colômbia chega bastante próximo de uma pacificação. A partir de uma iniciativa do presidente Belisario Betancur, as Farc e o M19 constituem uma frente comum para negociar com o governo a deposição das armas e a transformação em força política. Os acordos realizados levam à criação, em 1985, pelas Farc e pelo Partido Comunista da Colômbia, da União Patriótica, que participa, aberta e democraticamente, das eleições de 1986. As Farc alcançam um inesperado sucesso, principalmente em face dos meios financeiros superiores do poder oligárquico. São eleitos 350 vereadores, 23 deputados e 6 senadores pela União Patriótica, abrindo-se o caminho para a plena transformação da antiga guerrilha em força política constitucional. O candidato das Farc à Presidência, Jaime Pardo Leal, alcança 11% dos votos nacionais.

A maldição da política colombiana, entretanto, se faz presente. Uma violenta vaga de assassinatos, orquestrada pelos paramilitares, abate 4 mil dirigentes da União Patriótica. O próprio Pardo Leal é morto, em 1987. Nas eleições seguintes, em 1990, o representante das Farc e candidato à Presidência Bernardo Jaramillo Ossa é morto pelo Cartel de

Medelín. Em 1994, a União Patriótica desiste de participar das eleições "democráticas" na Colômbia.

Após um longo período de negociações fracassadas, o governo liberal de César Gaviria (1990-1994) retoma a estratégia de enfrentamento militar, continuada sob o governo Ernesto Samper (1994-1998), eleito sob suspeição de ligações financeiras com o narcotráfico. Cabe ao Governo Andrés Pastrana (1998-2002), em 1998, buscar as negociações políticas com as Farc. Para isso, Pastrana reconhece Manuel Marulanda como líder político e os objetivos das Farc como um programa político – o que causa forte reação dos militares colombianos e do governo dos Estados Unidos. Para abrir a agenda de negociações, Bogotá aceita a desmilitarização de cinco municípios, onde a atuação guerrilheira é mais intensa (San Vicente de Caguán, La Macarena, Vista Hermosa, Mesetas e Uribe, numa área total com a dimensão da Suíça). Mais tarde, Bolívar, no sul do país, também é desmilitarizada e considerada área de contato para as negociações. As forças conservadoras jamais aceitaram as negociações, com os paramilitares agindo livremente. Da mesma forma, as Farc mantiveram-se armadas e atuantes.

Pastrana passa a ser fortemente contestado no interior do país e a ação da AUC avança imensamente. Em junho de 2000 os Estados Unidos anunciam o Plano Colômbia, unindo objetivos de combate às drogas – em especial a erradicação, atingindo milhares de *campesinos* – e de ações antiinsurreição. Na própria campanha eleitoral o retorno da estratégia militar, em lugar de negociações políticas, assume grande visibilidade com Álvaro Uribe, jovem candidato enérgico e carismático. Contando com o apoio direto dos Estados Unidos – que através do Plano Colômbia transforma o país no terceiro destino da ajuda militar de Washington, depois de Israel e Egito –, Uribe assume a presidência do país.

Para o novo governo não há espaço de negociação, apenas a vitória militar.

Desde 1982, conforme relatório da ONU, as Farc optam por ampliar suas ações de financiamento, estendendo as exações das empresas petroleiras aos traficantes de drogas. É, entretanto, no início dos anos 1990 que a guerrilha se mostra fortemente implicada na proteção do narcotráfico. Assim, roubo de gado, "expropriações" de bancos, direitos de "pedágio" sobre estradas, além do pagamento de "proteção" pelas companhias de petróleo e os narcos asseguram um fluxo de caixa contínuo para a guerrilha. Calcula-se hoje um rendimento anual em torno de 300 milhões de dólares nas mãos das Farc, habilitando-a a manter o fluxo de armas (via El Salvador e Honduras, principalmente) e o pagamento de homens e logística necessária.

A associação entre o narcotráfico e a guerrilha – o tema mais polêmico do debate político sobre as Farc – não é uma novidade. Vários movimentos islâmicos no Norte da África, no Afeganistão, no Paquistão (incluindo os "puros" do Talibã e da Al-Qaeda), bem como em Mianmar, fazem parte de suas finanças com o narcotráfico. Da mesma forma, vários serviços de inteligência de Estados formais (incluindo aí a CIA americana) trocam favores com traficantes, contrabandistas e mafiosos (como foi o caso dos Estados Unidos com o presidente do Panamá Manuel Noriega). Os Estados Unidos (através da DEA) e Bogotá insistem neste ponto, visando desqualificar política e ideologicamente as Farc, transformando-a em mera organização criminosa. Contudo, o caráter político das Farc – mesmo com sua fixação num cenário ideológico ainda fortemente ancorado na Guerra Fria – é visível. A grande questão se dá, em verdade, em dois planos: a moralidade de uma aliança, mesmo que tática, entre narcotráfico e um movimento de libertação social e, de outro lado, a dúvida justa sobre quem, ao final, mostrar-se-á mais forte e competente para assumir o controle do potencial militar e político das Farc.

Estima-se hoje que as Farc possuem ao menos 16 mil homens com armas, treinados e preparados para a ação. Ações de fustigamento das Forças Armadas colombianas, ataques contra postos policiais, centros administrativos e políticos, além de ataques com bombas, são parte da rotina das Farc. A dimensão da violência política na Colômbia devida ao grupo guerrilheiro não é, contudo, muito clara e a avaliação não é unânime. Tanto ONGs independentes, como a CERAC – Centro de Recursos para el Analisis de Conflictos –, como o próprio Departamento de Justiça dos Estados Unidos estimam que 58% dos assassinatos civis na Colômbia são obra dos paramilitares de extrema-direita. Já a ONG País Libre, em Bogotá, calcula o seguinte quadro da violência colombiana: 59% dos assassinatos são obra do crime comum ou de autores desconhecidos; 31% decorrem da ação da guerrilha de esquerda (22%, Farc e 9% ELN) e 10% são resultado das ações dos paramilitares.

Essas são as forças infinitamente mais poderosas que incidem sobre o destino de centenas de pessoas em cativeiro nas selvas colombianas. A existência dos reféns – inicialmente apenas uma medida visando assegurar um fluxo de caixa fácil para a organização – torna-se um objetivo político em si mesmo. Não é possível pacificar um país enquanto pais, filhos, mães e irmãos estão em destino incerto e não-sabido. Com os reféns, as Farc possuem uma arma constantemente apontada para o coração da política constitucional e democrática na Colômbia. O governo, por sua vez, após dois mandatos presidenciais de Álvaro Uribe, após negar-se a qualquer negociação e tendo o apoio irrestrito dos Estados Unidos, não conseguiu, de uma forma ou de outra, desbloquear o processo político. A exigência básica das Farc – para negociar a devolução de Ingrid à vida – mantém-se a mesma desde 3 de dezembro de 2002: a desmilitarização de duas províncias e a libertação de um grande número de guerrilheiros (alguns falam em 500 homens). Em 2004, as Farc propõem a desmilitarização das regiões de Cartagena de Chairá e San Vicente de Caguán, no Departamento de Caquetá, para negociar uma troca de reféns por guerrilheiros presos. O presidente Uribe, preso à sua estratégia de derrotar militarmente as Farc, rejeita a idéia. Como contraproposta, a guerrilha passa a exigir a retirada das forças militares das regiões de Florida e Pradera, no Departamento do Valle, para negociar um "intercâmbio humanitário". Uribe mantém-se inflexível, recusando qualquer princípio de acordo. No entanto, já em 2007, sob pressão do novo governo francês, dos governos sul-americanos e da opinião pública mundial (e em face da ausência de resultados de sua política militar), Uribe aceita que a senadora oposicionista Piedad Córdoba inicie os primeiros procedimentos de contato com as Farc. Às iniciativas da senadora, junta-se, no mesmo mês de agosto de 2007, a intervenção do presidente Chávez, da Venezuela. As Farc avançam em sua proposta: a desmilitarização e a troca de reféns por 500 guerrilheiros presos pelo governo. Após um episódio barroco sobre limites de autoridade de ambos os presidentes, Uribe afasta Chávez das negociações e declara o processo encerrado. As Farc, entretanto, prosseguem nos entendimentos com o presidente da Venezuela, oferecendo três reféns (incluindo aí o menino Emmanuel, filho de Clara Rojas com um guerrilheiro, na verdade já em um asilo em Bogotá sob tutela do governo) como desagravo a Chávez.

As últimas negociações – intermediadas por Chávez – e seu desenlace dramático mostram a dificuldade do diálogo político e como as partes insistem em transformar o destino dessas pessoas – bem como de seus familiares e amigos – em apenas um lance num tabuleiro de xadrez. De qualquer forma, mesmo por meios tão tortuosos, a libertação de Clara Rojas e de Consuelo Gonzaléz – bem como a localização do menino Emmanuel –, no início

74

de 2008, são fatos auspiciosos neste turbilhão. No seu último comunicado, as Farc propõem a continuidade dos entendimentos, com a desmilitarização de Florida e Pradera, que deverão tornar-se, nas palavras das Farc, "...o palco do diálogo Governo-Farc para o acordo e a materialização da troca, que tornará possível a libertação de todos os prisioneiros em poder das forças adversárias".

O destino de Ingrid lembra aquele das pessoas, ao tempo das revoluções na França, descritas por Victor Hugo em *Trabalhadores do mar*: são apenas pequenas pedras atiradas ao léu pela erupção de um grande vulcão.

Francisco Carlos Teixeira da Silva
Professor Titular de História Moderna e
Contemporânea/Universidade do Brasil/UFRJ

Em nome dos
REFÉNS DA COLÔMBIA

Na guerra civil que há mais de quarenta anos opõe o poder central e as Forças Armadas Revolucionárias da Colômbia (Farc), guerrilha de inspiração marxista composta por 17 mil homens e mulheres, milhares de pessoas são vítimas de violências, raptos ignóbeis ou seqüestros. Desde o rapto de Ingrid Betancourt, em fevereiro de 2002, a situação dos seqüestrados, alguns confinados na selva há mais de dez anos, é cada vez mais crítica, e vários deles foram mortos. Na data de publicação deste livro, contavam-se 45 reféns por razões políticas, entre eles Ingrid Betancourt. Os autores e o editor deste livro, bem como milhares de pessoas que se mobilizaram ao redor do mundo, reivindicam que acordos humanitários possam ser firmados com toda a urgência para trocar esses 45 reféns detidos pelas Farc por 500 guerrilheiros presos pelo governo de Bogotá. Esses reféns são os seguintes (entre parênteses, a data de seu rapto):

14 militares
- Tenente Juan Carlos Bermeo (8/3/1998)
- Tenente Raimundo Malagón (4/8/1998)
- Sargento Harvey Delgado (8/3/1998)
- Sargento Luis Moreno (8/3/1998)
- Sargento José Ricardo Marulanda (3/3/1998)
- Sargento Erasmo Romero (8/3/1998)
- Cabo Luis Beltrán (3/3/1998)
- Cabo Róbinson Salcedo (3/8/1998)
- Cabo Amaon Flórez (3/3/1998)
- Cabo José Miguel Arteaga (3/2/1998)
- Cabo Luis Arturo Arcia (3/3/1998)
- Cabo William Pérez (3/3/1998)
- Cabo Libio Martínez (21/12/1997)
- Cabo Pablo Moncayo (12/12/1997)

18 policiais
- Coronel Luis Mendieta (11/1/1998)
- Capitão Edgar Duarte (14/10/1998)
- Tenente William Donato (8/4/1998)
- Sargento César Lasso (11/1/1998)

- Sargento Luis Erazo (9/12/1999)
- Cabo José Libardo Forero (7/12/1999)
- Cabo John Durán (8/3/1998)
- Cabo Julio Buitrago (8/3/1998)
- Cabo Enrique Murillo (11/1/1998)
- Subtenente Javier Rodríguez (11/1/1998)
- Subtenente Wilson Rojas (7/11/1998)
- Subtenente Elkin Fernández (14/10/1998)
- Subtenente Jorge Romero (3/8/1998)
- Subtenente Alvaro Moreno (12/9/2000)
- Subtenente Luis Peña (11/1/1998)
- Subtenente Armando Castellanos (16/11/1999)
- Subtenente Carlos Duarte (7/11/1998)
- Subtenente Jorge Trujillo (7/12/1999)

além de:

- Capitão Guillermo Solarzano (4/6/2007)

8 civis / personalidades políticas

- Ingrid Betancourt (23/2/2002)
- Sigifredo López (11/4/2002)
- Jorge Eduardo Gechen (19/2/2002)
- Orlando Beltrán (28/8/2001)
- Luis Eladio Pérez (6/10/2001)
- Gloria Polanco (19/8/2001)
- Oscar Lizcano (8/5/2000)
- Alan Jara (15/7/2001)

3 reféns norte-americanos
- Thomas Howe (13/2/2003)
- Marc Gonsalves (13/2/2003)
- Keith Stannsen (13/2/2003)

Estava previsto incluir mais 14 pessoas nessas trocas. Porém, 11 delas, deputados do vale da Cauca, raptados em 2002, foram assassinadas em 18 de junho de 2007, por ocasião de um suposto ataque ao acampamento no qual as Farc os retinham:
- Héctor Arismendi
- Carlos Barragán
- Carlos Charry
- Ramiro Echeverri
- Francisco Giraldo
- Jairo Hoyos
- Juan Carlos Narváez
- Nacianceno Orozco
- Edison Pérez
- Alberto Quintero
- Rufino Varelo

Dois outros reféns conseguiram escapar:
- Subtenente John Pinchao, foragido em 15 de maio de 2007 após nove anos de cativeiro
- Fernando Araujo, foragido em 1º de janeiro de

2007 após seis anos de cativeiro; tornou-se ministro das Relações Exteriores do governo Uribe

Um último foi morto no cativeiro:
- Capitão Julián Guevara, falecido em janeiro de 2006 após oito anos de cativeiro

Um outro grupo de reféns políticos foi assassinado pelas Farc em 5 de maio de 2003 no departamento de Antioquia, perto de Medellín, durante uma tentativa de resgate pelo Exército:
- Guillermo Gaviria Correa, ex-governador de Antioquia
- Gilberto Echeverri, ex-ministro da Defesa

Ambos haviam sido raptados em 21 de abril de 2002

Bem como oito militares, raptados em 1999 em diferentes operações:
- Alejandro Ledesma Ortiz
- Wagner Tapias Torres
- Héctor Lucuara
- Francisco Manuel Negrete
- Yercinio Navarrete
- Samuel Ernesto Cote
- Mario Alberto Marin
- José Gregorio Pena

Três outros militares sobreviveram:
- Heriberto Aranguren Gonsalez
- Antenor Biella
- Pedro Guarnizo Ovalle

Fato isolado na história das Farc, dois reféns foram libertados unilateralmente:

- Clara Rojas, seqüestrada em 23/2/2002 com Ingrid Betancourt, libertada em 10/01/2008
- Consuelo González, seqüestrada em 9/11/2001, libertada em 10/01/2008

NOTAS

1 Programa da rádio RCN que transmite mensagens de parentes e amigos aos seqüestrados.

2 John Frank Pinchao, policial colombiano, foi refém das Farc durante quase nove anos. Conseguiu escapar em maio de 2007, após ter caminhado dezessete dias pela selva. Contou ter passado cerca de três anos de cativeiro na companhia de Ingrid Betancourt.

3 Em junho de 2007, as Farc anunciaram a morte "num tiroteio" de onze deputados que haviam sido seqüestrados em 2002. Suas famílias haviam multiplicado as tentativas de mediação, algumas das quais estavam perto de ser bem-sucedidas.

4 Gabriel Betancourt, pai de Ingrid, ex-ministro da Educação Nacional e embaixador da Colômbia na Unesco, era muito apegado à filha. Morreu exatamente um mês depois do seqüestro dela.

5 Sébastien, filho do primeiro casamento de Fabrice Delloye.

6 Mélanie e Lorenzo Delloye, seus filhos.

7 Todos os domingos, o programa *Las voces del secues-tro* ("As vozes do seqüestro") dá a palavra às famílias dos reféns. Estas se sucedem no envio de mensagens, com a esperança de serem ouvidas na selva.

8 Radio France Internationale.

9 Sobrinhos de Ingrid.

10 Astrid, irmã de Ingrid.

11 Fabrice Delloye, seu ex-marido e pai de seus filhos.

12 Juan-Carlos, marido de Ingrid.

13 Senador seqüestrado pelas Farc em junho de 2001.

14 Fórmula recorrente utilizada pelos praticantes da escola budista japonesa Sakagakkai.

15 Duas regiões administrativas de cujos territórios as Farc exigem a desmilitarização a fim de transformá-los numa zona de negociação para uma troca de reféns e prisioneiros, o que, para eles, é condição prévia para toda e qualquer discussão.

CRÉDITOS DAS IMAGENS

Foto 1 - © Philippe Wojazer/Reuters-LatinStock

Foto 2 - © Pascale Mariani/Romeo Langlois/Corbis-LatinStock

Foto 3 - © Archivo Particular/epa/Corbis

Foto 4 - © STR/AFP/Getty Images

Foto 5 - © Miguel Menéndez V./epa/Corbis-LatinStock

Foto 6 - © Paolo Cocco/AFP/Getty Images

Foto 7 - © SipaPhotos-LatinStock

Foto 8 - © Bertrand Guay/AFP Photo

ESTE LIVRO FOI COMPOSTO EM
AGARAMOND 12,8/17 E IMPRESSO PELA
EDIOURO GRÁFICA SOBRE
PAPEL PÓLEN BOLD 90G PARA A
AGIR EDITORA EM JANEIRO DE 2008.